Andreas Sticklies (Hg.)

Lyrik 2000 S

Beiträge aus dem
gleichnamigen Lyrikwettbewerb
2002

Titelbild: Andreas Sticklies

Alle Rechte , insbesondere des Vortrags, Neudruck, Übertragung
in fremde Sprachen, Vervielfältigung durch Druck, Kopie,
Telemedien, auch auszugsweise, vorbehalten.

Herstellung und Verlag: Books on Demand GmbH, Norderstedt

ISBN 3-8334-0392-6

Andreas Sticklies (Hg.)

Lyrik 2000 S

http://www.lyrik2000s.de

Beiträge aus dem
gleichnamigen Lyrikwettbewerb
2002

Inhalt

Vorwort

Lyrische Morde - eine Ausschreibung der ganz besonderen Art. Selten war eine Idee für einen Wettbewerb so umstritten wie diese. Von totaler Ablehnung bis hin zur Faszination, waren Meinungen jeglicher Bandbreiten zu hören und zu lesen. Widersprüchlich in sich für die einen, Herausforderung eine entsprechende Lyrikkomposition zu schaffen für die anderen. Außer einigen Beschwerden, gab es aber auch Beiträge, die eine Ablehnung dieser Thematik als Inhalt aufwiesen. Da jene aber somit den Wettbewerbsbedingungen entsprachen, konnten sie ebenfalls in die Wertung aufgenommen werden. Alles in allem sind viele interessante und einfallsreiche Gedichte jeglicher Form eingegangen, wovon Sie sich in diesem Buch, welches eine Auswahl der Jury enthält, überzeugen können.

Andreas Sticklies

<u>Werdegang des Preises 2002</u>

Nachdem die Vorbereitungen getroffen und ein entsprechendes Thema (Lyrische Morde) gefunden war, lief die Ausschreibung am 1.November 2002 planmäßig an.

Die Verbreitung erfolgte überwiegend durch das Internet, wo verschiedenste Literaturgruppen und -interessierte die Ausschreibung ebenfalls auf Ihre Seite stellten. Aber auch in Zeitschriften, Wochen- und Tageszeitungen waren Hinweise auf diesen Wettbewerb zu finden.

Anfang Januar 2003 bekamen die Jurymitglieder alle Beiträge um mit der eigenen Vorauswertung zu beginnen.

Am 13. April 2003 fiel bei einer gemeinsamen Zusammenkunft die Entscheidung über die ersten vier Plätze.

Insgesamt gingen 425 Beiträge ein, vereinzelt auch aus Holland, Österreich, Schweiz, Schweden, Dänemark, England, Frankreich, Spanien, Italien, Portugal und den USA.

Am 10.5.2003 wurden im Rahmen einer Veranstaltung die ersten Gewinner dieses Preises geehrt.

Die Verleihung wurde, wie in jedem Jahr, aufgezeichnet und zu einem späteren Zeitpunkt im Bürgerfernsehen Marl gezeigt. Erstmalig konnte man diesmal auch die Veranstaltung im Internet mitverfolgen.

Gewinner des Jahres
2002

Crauss
aus Siegen (Deutschland)

mit

>UND DU TRUGST DAS<

2. Platz

Rotraud Sarker

aus Guildford (England)

mit

>WER<

3. Platz

Michael Paura

aus Buchen (Deutschland)

mit

>WASSERFARBEN<

4. Platz

Martin
Amanshauser

aus Wien (Österreich)

mit

>ich habe vom
alten poeten paul stasny
geträumt<

Kurzbiographien der Jury

Iris Harlammert *(Herten)*

Leiterin der Literarischen Werkstatt Marl
1965 geboren, schreibt Lyrik und Kurzprosa. Verschiedene
Veröffentlichungen.

Hans van Ooyen *(Recklinghausen)*
http://www.van-ooyen.de

Jahrgang 1954, zahlreiche Veröffentlichungen, u.a. Hörspiele in der
CSSR, ehem. DDR, BRD, Frankreich, Italien, Bulgarien und den
Niederlanden. Bücher u.a. „Die Schrift an der Wand", „Ende der
Bescheidenheit", „Besetz Deinen Platz auf der Erde", „Auch die
Worte verfärben sich, wenn sie einander berühren", „Fangschuß".
Aktuell: „Close to you". Diverse Preise u.a. Stipendium des
Kultusministeriums von NRW, Großer Preis des Rundfunks der
CSSR, Alfred-Kitzig Preis (Ahlen), Literaturpreis der Stadt
Aachen, Deutscher Kurzgeschichtenpreis.

Brigitte Werner *(Herne)*
http://www.brigitte-werner.de

10 Jahre Grundschullehrerin, 8 Jahre Kindertheater Pappmobil,
Autorin vieler Kinderstücke und einem Jugendtheaterstück mit
Musik. Autorin von Prosa, Lyrik und Hörspiel. 1987
Literaturförderpreis Ruhrgebiet, 1990 Kindertheaterpreis NRW für
das Pappmobil, 1992 Literaturpreis der Stadt Gelsenkirchen, 1995
Auszeichnung und Unterstützung der Kinderaktion "Erbse mit
Speck" für kranke Kinder als beste kulturelle Idee des Jahres durch
die Zeitschrift "Freundin". Freischaffend als Autorin, Pädagogin
und Theatermacherin tätig.

Andreas Sticklies *(Gelsenkirchen)*
http://www.sticklies.net

geb. 1962, Gas- und Wasserinstallateur und Rohrnetzmeister Gas
und Wasser. In verschiedenen Vereinen tätig.
Mitglied der Literarischen Werkstatt Marl. Veröffentlichungen in
Zeitungen und Zeitschriften seit den siebziger Jahren (aktuell in der
Literaturzeitschrift „Die Bücke"). Verschiedene Lesungen mit der
Literarischen Werkstatt Marl seit dem Jahr 2000. Literarische
Preise: Sonderpreis - Gedicht zum „Marler Mai" 1995 und
Gewinner der „Literatour de France" 2003. Gedichte, Erzählungen
und Kurzgeschichten in verschiedenen Anthologien, unter anderem
in den Büchern: „Ohne Titel", „Frieden", „Haiku mit Köpfchen"
und „Lichtgeschichten". Videoproduktionen wie „Marl wat
Andreas", „Peace ? ", „Alles für die Katz" und „Dauer-Haft" seit
1997. Aufführung von „Das Kohlerevier 2011" in der „Kaue"
Gelsenkirchen, durch N8chtschicht (Oktober 1999).
Mitgespielt im ZDF/ARTE - Film „Rote Glut" und Hauptrolle im
Kurzfilm „Der Schmetterling".
Initiator des Wettbewerbs „Lyrik 2000 S".

Heinz-Ulrich Tenkotten *(Marl)*

geb. 1957 verheiratet, ein Kind. Lebt als Hausmann und schreibt. Mal dies
mal das. Verschiedene Veröffentlichungen, unter anderem: „Die Hexen von
Katernbusch", Georg Bittner Verlag (1992).

Pressestimmen

Marler Zeitung : „S" steht für spezial, und das sind
die eingereichten Texte auch.

WAZ : Anders als in der Fastfood-Lyrik der Werbung, in
Zeitungsartikeln oder Sachbüchern muss der Leser selbst
mitarbeiten, um den Inhalt zu verstehen, muss zwischen
den Zeilen lesen.

Crauss

UND DU TRUGST DAS

1 der mond. spielt wieder tricks heut nacht
(er) hat mich. ein bisschen krank gemacht.
wie angenehm
wenn sich die ganze welt jetzt auflöst.
in einem glas voll wasser

ich war ganz lieb. weil ich doch weiss du wolltest nicht
dass ich
willst du wirklich dass ich traurig bin. wie du

(...es ist das taglicht das mich heilt...)

wir waren hier. schon früher...letztes mal hast du
an meiner tür. gekratzt
ich hab dich ausgelacht...du hast dich schön gemacht

und du trugst das...rote leib
und du trugst das...rote leib

2 wir hatten uns schon eine ganze weile nicht. gesehen
...ich hing rum. im dämmerlicht.
wir sassen so dicht. beieinander...wie die königin
mit ihrem gnom. und tranken wein.
wir tranken wein. wir tranken wein...giess mir noch ein

gib mir noch eine chance. und du wirst zufrieden sein

befriedigt sein. wir werden

glücklich sein mein herz ist wo es immer war

dein wildes haar. ich will es wehen

sehen gib mir eine chance noch und lass mich heut

dein lover sein:

mein herz ist wo es immer war den kopf krieg ich

jetzt nicht mehr klar...von dir: du tanzt so schön

noch schöner als die wirklichkeit
noch schöner als die wirklichkeit

oh bitte tanz für mich ich liebe dich ach tanz für mich
mein blassblutroter mond
hast mich zu lang verschont ich schlafe nicht ich schlaf
nie mehr komm her
komm über mich ich liebe dich und kann nicht schlafen:
tanz! tanz! tanz! (and shake it!)

shake it shake it Salomé!
shake it shake it Salomé!
shake it shake it Salomé me me bass me! i want your – bass me!

3 *lost angeles irgendwann spät abends. es war
einer jener abende an denen hier downtown
nicht viel vom glanz des rodeo drive übrig
geblieben war. vielmehr schien sich die von der*

*strapaze des tages gequälte luft zu überlegen ob sie den
pappkulissen zwischen ozean und wüste nicht*

*als abschluss noch den schlachtfest-tango bieten wollte. die
conducteurs gaben sich gelangweilt so als*

*sei das erdbeben − the big one − bereits vorüber. vielleicht
gab es diesen knaben gar nicht der fast*

*jeden abend hier am sidewalk stand die eine hand im haar
die andre lässig in den knöpfen seiner*

hose

tanz! schrie Abel heiser

*doch vielleicht gab es diesen   knaben gar nicht und
vielleicht war er immer nur auf die
windschutzscheiben vorbeifahrender limousinen
halluziniert worden*

tanz schon! schrie der mann im weißen cutaway
ich bin in blut getreten darum tanz für mich ich kann nicht
schlafen sonst

*das mondlicht lacht. ein altes trinklied schwebt im dunst.
die conducteurs der central avenue wagen es für einen moment
ihre sonnenbrillen über die skeptischen brauen zu heben:*

4 listen to the voice and follow me! listen to the   [radio voice]
ladies and gentlemen. as you know we have something
special down here in l.a.
this evening: shake it!

shake it shake it Salomé!
shake it shake it Salomé!
shake it shake it Salomé! Salomé…Salomé…baby please…baby
please slow down

du bist schöner als die wirklichkeit…noch schöner als die
wirklichkeit
oh bitte tanz für mich ich liebe dich ach tanz für mich mein
blassblutroter mond

warst schöner als die wirklichkeit
warst schöner als die wirklichkeit
warst schöner als die wirklichkeit …Salomé…Salomé…
shake it shake it Salomé!

[scat singing]

got to get to get you…i got to get to get you…
brauche dich wie niemand
got to get to get you…i got to get to get you…
ich brauche dich wie niemand

got to get to get you…i got to get to get you…
brauche dich wie niemand
got to get to get you…i got to get to get you…
ich brauche dich wie niemand

alright now…Salomé…

shake it shake it Salomé!
shake it shake it Salomé!

schöner als die wirklichkeit
warst schöner als die wirklichkeit
warst schöner als die wirklichkeit
warst schöner als die wirklichkeit
...Salomé…Salomé…Salomé...me! me! me!
bass me! bass me!

baby please...baby please slow down...bass me!
baby please...baby please slow down...Salomé
ach tanz für mich ich liebe dich oh tanz für mich

ich schlafe nicht

ich schlafe nie mehr - warum tanzt du nicht?

5 du hast dich. schön gemacht. und warum tanzt du nicht?
wir waren hier. schon früher...letztes mal hast du
an meiner tür. gekratzt
der mond. war nackt und kalt...ich war ohne halt und
wollte mehr...ich hab dich

ausgelacht
du hast dich schön gemacht

und du trugst das...rote leib
und du trugst das...rote leib

der mond. macht uns das licht heut nacht. nicht hell
schliesst schnell...den vorhang zu. nur du...und ich –
private show. und niemand weiss
ich will...(dich)...taglicht!

taglicht dringt. durch dein haar
es ist so scharf – und klar...ich schneide mich
ein letztes mal am mond...und du wagst. dich nicht zu rühr´n

und du trugst das...rote leib
und du trugst das...rote leib

ich fing die sterne auf in deinen haar´n. der mond hat mich
verrückt gemacht. um halbdrei
nachts ein lichtorkan und all die dinge die man niemals sagt.
es tagt und taglicht kühlt die
glut und alles wird jetzt gut du trägst das rote leib

und du trugst das...rote leib
und du trugst das...rote leib

Rotraud Sarker

WER

Die wiesen wurden weißgesprochen
sie stiegen herab in streifen
roten jacketten, es glänzten
die knöpfe, es waren gerten
in ihren händen,

man vermutete hunde
hinter ihren lauten stiefeln

Die nacht war schwarz,
es saßen keine köpfe
zwischen ihren kragen
und niemand wusste mehr zu sagen
ob´s jäger oder füchse waren
die durch die fenster
und die kammern kamen

Michael Paura

WASSERFARBEN

Das braune Mädchen mit dem roten Kleid
und den schwarzen Haaren
kommt aus einem blauen Haus.
Es trägt rote Schuhe und im Haar
eine weiße Schleife mit roten Punkten.
Es läuft zu einer grünen Wiese.
Es pflückt gelbe Blumen.
Es lacht mit ganz weißen Zähnen.
Der grüne Mann lacht auch
mit ganz roten Backen.

Der Himmel ist blau und weiß und blau.
Die Sonne ist gelb wie Dotterblumen.
Der grüne Mann geht in ein braunes Haus.
Eine Sonne scheint gelb in seiner Hand.
Er stellt sie in eine Vase.
Das braune Mädchen liegt im grünen Gras.
Es lacht mit ganz blauen Lippen.
Eine weiße Schleife läuft um seinen weißen Hals
mit roten Punkten.
Es trägt einen roten Schuh
zwischen den weißen Zähnen.
Der Himmel ist blau und weiß und blau.

Martin Amanshauser

ich habe vom alten poeten paul stasny geträumt

ich habe vom alten poeten paul stasny geträumt
dem ein raubmörder 1972 die kehle zudrückte
er hatte einen fußabstreifer auf dem danke stand
die küchenschaben fraßen sich durch seine bibliothek
in den dreißiger jahren hatte er zwei gedichtbände
    herausgebracht
die keiner kaufte weil sie karl kraus nicht gefielen
in der vorstadt sagte stasny schicken sie einem den kraus
an den hals
er hatte das rote wien verteidigt in heiligenstadt
weil er den arbeitern zur stärkung kukuruz brachte
damals wuchs kukuruz im 19. bezirk
im karl-marx-hof lernte er seine frau kennen die später
in die ddr ging
und dort den gleichen fußabstreifer
und die gleichen küchenschaben besaß
in einem plattenbau an krebs starb
ihre fensterscheiben sagte stasny waren in kopfhöhe schmierig
von der stirn die sie dagegen drückte
doch zu dieser zeit waren sie nicht mehr verheiratet
stasny ein schlechter zeuge
als er sie 1959 besuchte gabs streit
sie verbot ihm zu rauchen
wurde ein paar jahre später krank
bat ihn um hilfe

er blieb in heiligenstadt antwortete nicht
gedichte schrieb er keine mehr
kaufte einen fußabstreifer
zur zeit der studentenrevolte schlug er einen kontrolleur
in der straßenbahn nieder
freute sich dass andere an die revolution glaubten
herbst 1972 wurde er von einem raubmörder erwürgt
der tausend schilling raubte das war alles
für unruhe sorgte ein kleines detail
bei stasny fand man einen abschiedsbrief
in dem stand er habe genug von heiligenstadt
gesehen

Ulrike Bäumchen

death of a clown

ganz langsam sackt
das lachen
von ihm ab
entweicht den schuhen
und trennt sich vom kopf

bis auf die augen
ist er nackt
fürs blinde publikum
spielt er die letzten töne
verabschieden

sehnsuchtserinnerungen
waren sein hemd
ist nicht mehr geschminkt
unter der haut
bleibt die melodie

zurück

Klaus-Jürgen Bauer

Canibal Alemann

Aus der Schale
löffeln
Nebel
langer Gärzeit
tiefer Wege.
Wie ein Filtertuch aus Trübem
kommt der Schale
Dunst ins Fleisch.
Hinterm Böckelsberg
weit hinten
denk ich
Rehe, Marder, Schnecken
fröstelnd sitzend
sich Erinnernd
an das Wimmern.
Schädel, Knochen, Muskeln, Sehnen
alles Harte
pelzt der kühle,
gräulich - weisse
Nebelflaum.

Gerd Berghofer

ladykillers

ich rastete im schatten meiner sprache
am fuße des berges
dort gab man mir wasser und brot

man bot mir die tochter des königs feil
und ein pfund träume und sang salbende
worte über das heil meiner seele

sie legte sich zu mir gehüllt in ein kleid
kein brautkleid sondern geschwärzt
wie die furcht und verhüllt ihr gesicht

ich sagte zu ihr du bist nicht wahr
und zog meinen dolch den sie mir nahm
sie schnitt mir damit die brust auf und biß in mein herz

warf es fort wo es faulte in der glutenden sonne
und trug mich im nächsten moment zu grabe
man grub mich ein tief in den sand und tiefer denn tief

aus dem sand kroch später der gequollene traum
eines fremden in das sternversponnene nachtnetz
ärmlich entblößt von seiner verschlafenen stirn

Christian Bertschinger

Im Park

Zwei Ratten tummeln sich im Grün,
Dort wo rot die Rosen blüh'n.
Sie tanzen wild und doch grazil,
Sie wagen sich ganz nah heran,
Zu spät erkenne ich ihr Ziel:

Sie knabbern mir die Ohren an.

Sie bohren nagend ihre Gänge,
Schon spür' ich rasend ihr Gedränge,
Das Nest direkt am Herzen,
Die jungen Mäuler ihrer Brut,
Fühle schluchtentiefe Schmerzen:

Die spitzen Schnauzen schrei'n nach Blut.

Schwarzes Flügelflatterschlagen !
Raben zanken sich mit Ratten,
Dort wo einst die Därme lagen.

Düster ziehen ihre Schatten
Auf zu rauben mir die Sicht.
Stille schlingt die Sterbeklagen,

Nieder stirbt das Licht.

Eva-Maria Fischer

Feuerspiele

Er züngelt
quadratzentimeter weise
über ihren Körper.
Zu schwach die Hitze,
den Eisberg zu schmelzen.
Steter Tropfen
höhlt den Stein,
denkt er und
führt sein Spiel
bis zur Explosion,
die er nicht überlebt.

Christina Antje Friedrich

Lyrische Morde

Wie mir
Der Füllfederhalter
Seine schwarze
Tinte unter
Die Kopfhaut
Spritzt

An seinem
Griff noch
Fingerabdrücke von
Deiner wortlosen
Hand

Auf dem
Tisch ein
Ohr heraus
Kommt das
Geräusch schreibender
Stifte

Da fand
Ich heute
Deine Asche
Und habe
Sie ohne
Dich
Vergraben

Anke Gebert

Ostsee

Das Meer

hat

Tollwut.

Mit Schaum

an den Lippen

spuckt

es

Fische

aus

faulendem Mund.

Und stirbt.

Knut Gerwers

Hotel X - gebrochen
[nach Ingeborg Bachmanns 'Hotel de la Paix']

klirrend stuerzt die lichtlast von den waenden
laesst ungeschuetzt die dunkelheit
aus den mauern strahlen
|

die fremde luft
gesaettigt von verfaulten kuessen
in den saueren stoff heraus geatmet
webt sich
unumkehrbar
dein verlangen
ihr ueberlebtes gerippe
ein ausgezehrter schatten
|

spitzes licht tanzt auf dem boden
spiegelnd die splitter die
gesprengten kanten [abschied
              abstand] falscher worte
|

nie waren zwei leiber hier zusammen
hier hinter der haut aus tapeten dein puls
schlaegt
perforiert
von langen pausen
mit dem messer bin ich alle waende abgegangen
kein herz kein auge kein gehirn das mir bekannt
dahinter   stimmen verdunkeln
nichts mehr
das spricht
|

im staub das mittagslicht
verdorrter zungen die rosen
atmen nervengift
|

ueber mein fleisch schneidet
spielend
der bogen der zeit
hinter mir im spiegel
ein toter
fremder koerper
aufgerissen der schlund
die tuer
steht offen
ein gang durch die kehle   dem schrei entgegen
kein riegel keine regel
schiebt sich dir vor
du bist aufgebrochen

Axel Görlach

erledigt

Ikaros, Purist, Ikaros.
Was hat dir auch dein Vater
eine Schüssel schenken müssen,
Strahlenfang vorm Fenster
19,2 Grad Ost,
zweiundzwanzigster Stock.

Aus der Blackbox sprühen
ohne Blank Aloeverafarben,
spielen Oil of Olazmelodien
mit luftig linden Dreifachlagen
Wellness-Zewaklopapiers
um deinen Lockenkopf:
perwollene Schönwetterlagen.

Ikaros, Griechenheld, Ikaros.
Was gingen dir auch über
Griechenohr und Griechenaug.

Silben, exotisch orgiastisch,
wirken punicafantastisch
wie Gliss-Kur gegen Spliss
im alten Zopf des Graecums dir.
Sail a-way-grün auf Beck´s Schiff
zitrusrein dank Pril und Viss
(Meister Propper, Weißer Riese
winken von der Ramawiese)
mit Zott ins Week-end-fee-ling.

Dann diese wahr- und polygamen
anti aging Großaufnahmen,
tic-tac-Lachen cleaner Wesen,
die light und ohne Antithesen
clearasilclear Cola trinken
oder auch an glatten Tresen
cool ein Glas Jim Beam.

Ikaros, Göttlicher, Ikaros!
Lief's zusammen hinter Griechenlippen
mehr als bei gemischtem Wein.

Blonde Göttinnen umschlingen
mit delialen Kalodermaarmen
und probiotisch prallen Brüsten
im reinen, klaren, ratiopharmen
Meer Alaska-Axe-Muskelkörper,
kauen an Bacardipalmenküsten
katjesfroh an Tropenfrüchten.

Ikaros! Überflieger! Ikaros!
Air marin direkt -
billiger kommt man nicht hin,
und siehe Tui, siehe LTU!
Doch du
stößt dich
beflügelt wie in alten Zeiten
athletisch ab vom Fenstersims.

Majestätisch, nicht zu hoch dein Gleiten
hoch überm Hochhausgroßstadtmeer.

Dumm nur, oh Unsterblicher,
dass so eine klitzekleine, sanfte, fiese
Lenorsommerbrise
dich ausgelüftelt hat,
du eingeschlagen bist
und ketchuprot als Klumpen
gar so unästhetisch formlos klebst.
Exitus am Stahlbeton.

Niveaweiß schneien dir die Federn ab nach unten,
wo Fruchtzwergkinder Ringelreihen spielen
um den runden
Fernsehturm.

Roman Graf

vermutlich versunken

ein Poltern am Morgen nach der Liebe
ein Koffer vielleicht oder eine Lieferung

zähle ich weiter meine Wimpern im viel zu weichen Hotelbett
frische Wellen liegen in der Luft und natürlich das Salz

deine Haut war Blütenstaub, doch ich drehe mich nicht
hinter meinem Rücken schläft trockene Erde

du bist
vermutlich versunken

Dietrich Wilhelm Grobe

Katzenphilosophie

Zwei Katzen saßen einst am Fenster
und starrten in den Weltenraum:
für den Beschauer als Gespenster -
doch für die beiden Tiere kaum.
„Fühlst du ein tiefes, inn´res Beben?"
So fragt die eine Katze jetzt -
„das nie gemaunzte Welterleben?"
Die and´re fühlte sich verletzt:

„Ich fühle nichts - ich habe Hunger:

was nützt mir da dein Stirngekraus -
nach diesem Fensterbankgelunger
hätt´ ich sehr gern jetzt eine Maus!"
„Du kannst sie dir platonisch denken -
das Nichtsein ist der Grund des Sein:
Vernunft wird deine Träume lenken -
der Mausstand stellt sich schlichtweg ein!"
„Du kannst mir lange dies erzählen -
ich steh auf Maus, dies nicht im Traum:
würd´ ich erst solches Maunzeln wählen,
gäb´s meine Mäusemahlzeit kaum!"

„Wie wär´ es dann mit Schopenhauer:

du stellst den Fang dir einfach vor:
dann kommt dein Wille - nicht von Dauer
ist dann der ganze Mäusechor!"
„Du warst schon immer stark im Hirne,
hast manches Rätsel wohl geknackt -
man braucht die Pfoten, nicht die Stirne,
wenn man die Beute richtig packt!"
„Du könntest ja ... „ ist jetzt zu hören -
da huscht ein Mäuschen über´s Feld;
die Denkerkatze, ich kann´s schwören! -
sie ist zuerst davongeschnellt!
Sie teilt jedoch die frische Beute
mit der gekränkten Nachbarin:
so machen´s wohl die klugen Leute -
und auch für Katzen bringt´s Gewinn!

Kreuzfahrt

Ein Pilgersmann von ferner Küste
irrt´ auf dem Weg zum heil'gen Grab
einst durch Arabiens weite Wüste,
ließ dann sich auf die Knie hinab.

„Herrgott ! " so flehte er im Beten,
„ich irre tagelang umher,
doch meine Augen nichts erspähten
in diesem toten Sandesmeer.

Führ´ mich zu Menschen, zu Oasen,
worauf mein Auge ruhen kann,
wo die Kamele friedlich grasen,
wo Quellen laben Tier und Mann.

Wo ich aus Worten und aus Blicken
verspüre, dass ich Mensch noch bin.
Oh, wolltest mir Gefährten schicken,
denn Einsamkeit trübt mir den Sinn!"

Als unser Pilger etwas später
den Blick zum Horizont erhebt,
in einer Wolke Staub erspäht er
ein schwarzes Kleid, das weht und lebt.

Wie sich's ihm nähert, langsam schreitend,
wird alle Hoffnung in ihm wach.
In Dankbarkeit - die Brust ihm weitend -
schaut er hinauf zum Himmelsdach.

Und dann steht vor ihm und verneiget
sich ein Araber, alt und krumm.
Der Pilger spricht, der Alte schweiget,
regt nur die Lippen: er ist stumm.

Der Pilger seufzt: was sollt´ er sagen,
wo Antwort er so lang begehrt.
Wozu nach Weg und Ziel noch fragen !
Gott weiß, w i e Wünsche er gewährt.

So folgte er dem Schritt des Alten
durch ewigweißen Wüstensand.
Der beiden Wanderer Gestalten
verloren sich ins Unbekannt.

Am heil´gen Grab, im Heimatlande
ward nie der Pilger mehr geseh´n.
Gott ließ die Spuren aus dem Sande
zu einem andern Ziel verweh´n.

Dörte Hermann

Worterschlagen

Nachtwärts
der Wörtersumpf
schlingt meine Zunge
Reden so schnell man kann

Von deinen Lippen
ein Wort
verwickelt uns
in stummes Gespräch
Berühren so beredt wir können

Deine Zunge höhlt
meine Kehle
kehrt zurück zu dir
Ich schweige mit dir so laut ich kann

Zwei Sätze
kippen den Wortdom
in meine Wüsten
Buchstaben begraben mich
Ich sterbe so leise ich kann

Jürgen Herwig

Tagwerk

Als die Alte
am frühen Morgen
wieder ins schnarchen verfiel
zitterte jeder Balken
jede Diele im Haus

Holz hauen
sollte er heute

Der Sohn
erhob sich
und nahm
die Axt

Manuela Huber

waldeslust

lüstern schubst mich der wald
in sich hinein und
labt mich im schatten
am kühlen harz.

ein knollig kantiger gnom
entwächst groß dem moos und
zückt vor mir die feder
weil sie mächtiger ist als
das schwert und
stößt sie mir in den leib.
ich sehs von oben denn
ich bin mein eigener vogel.
höhnend zieht er die spitzigkeit
am liebevoll gearbeiteten griff
aus mir heraus und
purzelbaumt davon.

schon kriechen mir pulsig flimmernd
die sinne weg
wie ungeduldig wuselnde käfer.
ausklingend verliere ich mich
immer dunkler im schwarzen
hintergrund des waldes.
so leicht ist der tod.
bestimmt und freudig
nimmt er mich und
stößt mich liebend vor sich her
ins nimmermehr.

und dann ist es vorbei.
und ich erhebe mich,
glätte mein haar,
entferne überbleibsel
des waldes aus meinen kleidern
und laufe entschwert nach hause.

Barbara Hundgeburt-Grabow

heimgekehrt

als ich heute nach Hause kam
mit schmerzenden Schultern denn
in den Gräben unter den Schlachten
hielt ich das Gewicht der Erde
nicht zu den alten Handgriffen fähig
die Finger erstarrt im Töten
und die Sonne schien ein bisschen
versilberte die Februarzweige

sah ich
wie sich Bäume
im Wind bewegten

für mich

Bettina Jungblut

Rache

Einen Herzschlag lang
dachte er,
sie tue es.
Als er das Messer sah
über ihm
ihre Augen voller Leid,
da dachte er
einen Herzschlag lang,
sie tue es nicht.

Wie man sich irren kann.

Axel Karner

BEHALTET MEINE WORTE

BERÜHRTE DER HIMMEL DIE ERDE
BRANNTE DAS HAUS
DA TRATEN HERZU
SIE SANGEN FRÖHLICH

ENTFERNTEN UNS ZUNGE
STREUTEN SALZ
SCHLUGEN DIE KÖPFE
FÜHRTEN UNS FORT

DER AUS DEM FENSTER SPRANG

WINKTE FREUNDLICH

UND RIEF
DEIN KÖRPER GEPEINIGT
KEINE LIEBE GESCHIEHT
HINTERLÄSST SIE NICHT WUNDEN

Daniel Klaus

ein gedicht explodiert wie eine bombe

ein satz fällt, ein mann schreit um
hilfe oder auch nur achtung.
langsam geht dabei die zeit

weiter und die sonne unter, als
eine straße weiter schließlich

ein gedicht explodiert wie eine bombe.
alles dauert
nur ein paar sekunden

später kommt die feuerwehr
und ein krankenwagen.

jede menge schaulustige greifen
nach den ganzen buchstaben

und den zerrissenen wörtern,
die herumliegen,

während die polizei versucht
das gelände abzusperren.

alles, was gerettet wird
ist ein
angefangener satz.

Julia Knapp

Pink Floyd?

Wir haben den Sommer verbrannt
ein Stück,
jetzt: millionenfache Asche.
Dich
und mich
auf den Scheiterhaufen gelegt,
neben
so vielem anderen
und jetzt ist es
als sei er nie gewesen,
wie Geschichten
aus Kindertagen.
Dann
die „letzte Zigarette" genommen,
schmeckt nicht,
halb angebrochen
weggeworfen.
Ein fahler Geschmack in Mündern
die nicht mehr küssen können
und Abschiedslieder hören
als würde etwas beendet,
was nicht schon längst
Rauch.

Auto-Sitzen
Sterne-Gucken
Langsam bergab
ganz ohne Gang
der Motor aus.
Wish you were here
in der Vollversion
und dann ist man da
und auch wieder nicht,
hat nichts dafür getan
und irgendwo geht die Sonne auf
und ist frostig
und irgendwo scheinen die Sterne
und kein einziger fällt
und Wünsche
sind wie Rauch
den wir atmen
und der so beißt
dass er uns das Wasser in die Augen treibt
die gestern noch
sehen konnten.

Sigbert Kunze

Nebelbraut

Warst in den Nächten zugegen
diesen Nächten, wie du weißt
als nichts von dort her kam

allein, in den Ecken
an den Wänden
gedrängt, rot vor Scham

gabst mir, ich weiß es jetzt,
manchen Mantel, manches Gewand
hast nicht gelogen

gefunden
gefangen
wenn ich fiel.

Geliebte -
weise Erdenmutter
du

mit wieviel Scherben
wollt ich dich zerschneiden
morden und vergraben

gütiges Laken
soffst meine Tränen
du allein bist mir geblieben

deinen Trost verworfen
mit Freunden vertaumelt
dich im Sex ersäuft

bliebst dennoch treu
mich stets geliebt
trotz aller Augen Lüsterglanz

Im Irrtumsdunkel
auf Anderwegen
den Tu'unsgleichtaten
an den Außenwänden zerrieben
Träume zerhackt
warf alles Elend nach dir

wahrhaft Schöne du
entführe mich
den Widerkreisen
Du allein
warst mir mein Weg, mein Freund
hast mit mir geweint

Geliebte Nebelbraut
komm tanz mit mir
du süße Einsamkeit

Thomas Kutzli

unter solchen nächten leidest du unglaublich
die schafskälte und falter dumpf am fensterglas
schulterschmerzen, die zehn richtigen bewegungen
vergessen. kein ort wo du bleiben kannst
r.e.m.-phase fällt aus
alte videotapes mühsam erinnert
days of being wild
der kleine godard
das verschwinden. und du in der zeitschleife
der andere mit der doppelläufigen flinte quer vor dir
alle mündungen wund
du spürst die nässe zwischen den zehen
du atmest noch
dein freund ist ausgewandert. glaubst du
mehr kommunizierende röhren
mehr sauerstoff
willst du dich heranrücken
fällt dir einer ins herz

Dr. Dirk Levsen

Frühsommer
auf dem Fjell

Sonnengipfel

Windwellen
im Gras

ein schöner Tag
zum Sterben

ich dachte
an Dich
und

ging

Johanna Lüdde

vergittertes Licht

lass dir nicht die Finger lähmen
unter diesem Schein-
werferkreis
bei

Nacht entfliehen deinen Nägeln
Bilder die hängen am Tag
und sickern
jetzt

auf das Papier
nach links oder unten
halb an den
Rand

lass dir nicht die Zunge lähmen
vor schweigenden Mündern nicht
die Zehen vor zehn leeren
Straßen nicht

die Augen vor
gefallenen Steinen und
zerbröckeltem Mörtel
du wirst

den Strahl
verdunkeln müssen
malen mit gesunkenen
Wimpern die das

Licht vergittern

Wilhelm Rager

Vom krummen Nussbaum,
der meinen Großvater ermordete

oder vom krummen Nussbaum,
der meinen Großvater umbrachte:
weil der ihn ausgraben wollte:
weil er keine Nüsse brachte:
auf die er so stolz sein hätte können:
weil nur ein reicher Bauer Nüsse essen kann:
die er nicht bringen konnte:
weil es im Obstgarten zu kalt, nass und windig war:
dass er krumm wurde:
dass mein Großvater sich dabei überanstrengte:
als er sich, gegen die Warnungen der Groß-
mutter, daran machte, ihn auszugraben:
dass sein steifes Knie zu schmerzen begann:
in das er sich einmal gehackt hatte:
weil er Zimmermann gewesen war:
dass er nicht mehr aufstehen konnte:
dass es vom Liegen Lungenentzündung bekam:

woran er starb:

mehr als achtzig Jahre alt:

Karolina Rakoczy

Das Experiment

In der forschen Kühle des Raumes
spreche ich das Todesurteil

die Schlichtheit der Worte vibriert
die schwingende Luft
prallt von kahlen Wänden ab
wie dein hilfesuchender Blick

du bist unschuldig
- jaja, ich weiß
störe mich jetzt nicht
laß es mich vergessen
für einen Augenblick

es ist faszinierend
ich weiß, du verstehst
auch wenn es nicht
rückgängig gemacht werden kann

deswegen ja gerade
nur einmal
den Klang jener Worte hören

sie bringen dich fort
dein Blick
der nach mir starrt
(ich weiß, daß du es weißt:
daß ich dich liebe
aber darum geht es jetzt nicht)

wenn ich dann erfahre
daß ...
nun, ich werde so tun,
als würde ich erst erwachen
aus einem bösen Traum
aus einem bösen, bösen Traum

Fritz Hans Rückel

Die verflixte Sieben

Dem Karl Heinz ging seit Tagbeginn
manch ein Gedanke durch den Sinn.
Vor sieben Jahr, so ist notiert,
hat er mit Berta sich liiert,
die ihm als Eh´weib angetraut.
Doch hat er sie nie ganz durchschaut,
zumal sie stand in dem Geruch,
dass sie der Ehegatten Fluch.

Erwiesen war und unleugbar,
dass man nach jedem siebten Jahr
die Ehemänner sah im Sarg.
Dies stets auf neu, und das schien arg.

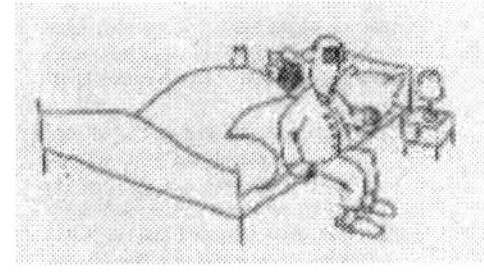

Doch Karl-Heinz hat dies nicht gestört,
weil grad die **Sieben** er verehrt.
Er sprach: „Was ich auch tu und lass,
auf diese Glückszahl ist Verlass!"

Der Ottokar, ihr erster Mann,
war Pfennigfuchser, bis zum Spann,
ein Geizhals von der schlimmsten Art,
der selbst am Nötigsten gespart.
Er fiel vom Dach höchst sonderbar
und brach den Hals im **siebten** Jahr.

Es hieß, das Holz war angesägt,
doch solch Verdacht ward nie belegt.

Der Dagobert war von Natur
robust und soff rund um die Uhr.
Es hielt ihn selten bei dem Weib.
Im Gasthaus fand er Zeitvertreib.
Bis aus dem Weiher, unfassbar,

man zog die Leich im **siebten** Jahr.
Zwar sah man Berta in der Nacht,
doch blieb es nur bei dem Verdacht.

Der Sigismund im Ganzen war
ein gar verrückter Autonarr,
den es zog aus der Stube fort.
Gern brauste er von Ort zu Ort.
Doch als die Bremse einst blockiert´,
war in den Abgrund er geschmiert.

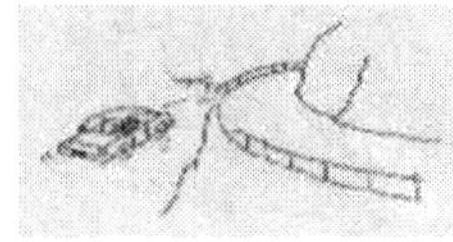

Wo er verschied, das Gott bewahr,
im **siebten**, dem verflixten Jahr.

Auch Theobald, der kleine Wicht,
vertrug sich mit der Berta nicht,
wobei im Zorn er nach Bedarf
auf sie mit Tass´ und Teller warf.
Ein Stromschlag traf ihn offenbar
beim Wannenbad im **siebten** Jahr.

Man hatt´ die Berta zwar gehört,
doch ward der Fall nie aufgeklärt.

Der Leonhard, so ward enthüllt,
hatt´ Ehepflichten schlecht erfüllt.
Der fünfte Gatte schon betagt,
hieß es, habe im Bett versagt´.
Er stürzte schwer im Treppenhaus,

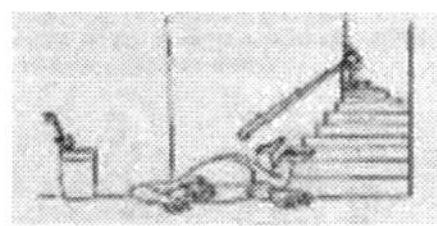

so war es plötzlich mit ihm aus.
Warum, weshalb, ward niemals klar.
Jedoch schrieb man das **siebte** Jahr.

Den Waldemar, bei Frau´n beliebt
und auch im Seitensprung geübt,
fand nach geheimen Stelldichein

man auf der Ruhebank am Rain.
Ein Messer steckte in der Brust.

Es war ihr sechster Mannsverlust.
Von „Serie" sprach der Kommissar;
denn dies geschah im **siebten** Jahr.

Karl-Heinz, der nach dem Treueschwur
von all den Gatten erst erfuhr,
sah grübelnd nun am Frühstückstisch
auf Berta, die dem Blick auswich.
„Was mag sie denken, diese Stund ?"
Hart presste Berta ihren Mund,
und reichte ihm den Kuchen dar;
in diesem **siebten** Ehejahr.

Das Stück jedoch zu Boden fiel,
wobei der Götter Gunst im Spiel;
denn als der Hund es schnell verschlang,
streckte er alle Viere lang.

Berta, auf frischer Tat gefasst,
kam, wie´s gebührt sich, in den Knast.
„Glück gehabt", rief Karl-Heinz da
und pries das **siebte** Ehejahr.

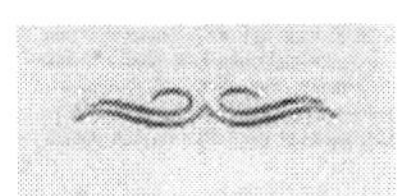

Horst Samson

Von Ano Nym

Edoms Nacht

Je t'apporte l'enfant ...
Stephane Mallarmé

Die Spitze des Zirkels
Im Tod. Du ahnst den Kreis,
Die Geologie des Verrats
Bis in die Nerven

Zellen. Im Lichtkegel flattert
Das Herz. Schweigen tropft aus
Dem Lande,
Und Blut. Was noch

Brennt in der Nacht
Ist flackernder Mohn,
Was noch blieb von Edom

Sind Silben im Hirn
Und Folterblumen,
Die wuchern ohne Lärm.

Anna Maria Sauseng

Kurare

Pfeilgerecht
spitze Worte
wunden tödlich -

Einsam sinken
sargverpackt
dunkle Lasten

Erdverpackt nun
Spuren
giftiger Zeiten -

Kühl aus Tiefen
steigt süsser Duft
wiedergewonnene Freiheit -

André Schinkel

Epitaph Südstadt

So viel Entleerung war nie.
Die Bewohner der Quadrathöhlen
Schliefen nicht mehr. Die Stadt
War ein entfernter Betreiber.
Zwei Katzen, als die Abrißbirnen
Kamen, starben einen räudigen
Tod. Achtmal auferstanden
Die Trinker vor zerschlagner
Budike. In der ein verwester
Budiker die heimlichen Gläser
Noch füllte. Dann endlich
Deckte Betonstaub auch das.

Karl-Heinz Schmidt

Arbeits - amt - los!
oder Die Erotik des Zuschneidens

Wickeln Sie den Arbeitslosen in Seidenpapier,
Packpapier oder ähnliches.
Legen Sie mit einem Winkel ein Raster mit Karos auf ihm an,
übertragen Sie mit Bleistift, Lineal und Maßband
das gewünschte Schnittschema
auf den gerasterten Arbeitslosen.
Schneiden Sie ihn aus.

Stopp.

Soll der Arbeitslose um eine Nummer vergrößert
oder verkleinert werden,
so durchschneiden Sie die Mitte von Vorderteil-
und Rückenteilhälfte
in der Senkrechten und schieben die Teile um
einen Zentimeter
auseinander oder zusammen,
achten Sie auch auf die Taillenlinie
ihres Arbeitslosen,
geben Sie ihm in der Hose
Beinfreiheit.

Stopp.

Nun schneiden Sie schon !

Jenny Schon

herbst
für heinrich von kleist

mein fleisch brennt
das betttuch hat schon ein loch
von meiner immerwährenden flamme
und über die lider rennt
ein grüner schauer
von sommerwind und buchenwald
in meine arme fange
ich blaue träume ein
ein rauschen von meer
und fliehenden tagen
ein sandberg zerfällt
über den tränenden haaren
an fischgestillten netzen vorbei
trägt ein delphin mich zur sonne
und meine blicke teilen
die tanzenden sonnenfäden
in flocken fließender seide
hinter der sonne stehst du
in deinem versteck
den nackten augen verborgen
aus mir bricht eigenes feuer
und bettet dich in mein blut
im hinterland der zeit
bleiben formen verschleiert

wir sind wie der wind
stürmisch und frei
faltenlos deckt uns himmel zu
und tönender atem
rinnt mit den lüften
zum schlafenden wasser
mein fleisch brennt
das betttuch hat schon ein loch
und braun zieht
durch die ritzen in den wänden
in den gesenkten kronen der bäume
faucht giftig der sturm
unter faulenden blättern
erloschen der sommer
mein fleisch brennt
ich werde kerzen anzünden
eine messe lesen
und das betttuch verzehren

dein fleisch brennt ...

Iris Schröder

Blumen andrahten - eine Übung

Diese Blumen wurden ausgewählt.
Die abgezählten, schweren Köpfe
über die Tischkante gelegt sie
benötigen Wirbelsäulen aus feinem
Draht - und sie werden
zu Metaphern.

Ich halte meine Blume fest.
Sie hat ein rotes Auge
voller Staub.
Wird es sich entzünden, wenn
ich seine Lider aufschiebe, wie
ein dilettantischer Doktor ?

Überhaupt, sind sie denn
überzeugend ?
Oder täuschen sie
unhaltbare Dinge vor, Hirngespinste,
Gefasel, dummes Zeug ?
Sieh her. Ihre Hälse bersten
so leicht wie die Hälse von Lügnern

bersten.
Doch sind sie wirklich.
Jede von ihnen
hat einen kleinen Schnitt,
eine gespaltene Lippe, die
sie in Wasser eine Flüssigkeit
identifizieren lässt.

Und ihre Versprechungen, endlos
wiederholt, sind von betäubender
Süsse !
Sogar ein Gewalttäter, eine
Selbstmörderin ! ohne Erinnerung
und vom Sozialamt lebend,
lacht. Und trifft
ihre Wahl.

Christiane Schulz

Schmetterlingsschwemme

Ein Eden
gedeiht den Tagfaltern
in der Grabenfeuchte
Wasserdost

Zwischen Spinnweb und Fliegenschiss
beblühen Versprengte
die Kirchenfenster
scheinen heilig
dem guten Glauben das Paradies

Mit dem Restnektar in den Rollrüsseln
trocknet den Admirälen
das Kunigundenkraut

Die Türen breiten ihre Flügel
einem Trauerspiel
Schöner Tod

Denen die unter die Räder kamen
brachen die Pfauenaugen
Pupillensplitter im Staub

Christiane Schwarze

Im Laub des Apfelbaumes
ein Durchatmen gesucht.

Doch Augen durchstechen
jede schützende Hülle,
auch die der Bücher.
Hände packen Abzählreime, Ritterfiguren
und zerreißen den Teddy.
Ein Mund redet von Nützlichkeit und Arbeit.
Zähne kauen Lachen kurz und klein.
Aus dem Schweigen des Kindes
hört der Vater seinen Sieg heraus.

Aber vergessen hat er Spatzen, die Reime aufsagen,
Wolken, auf denen Ritter reiten,
und Herbstlaub,
das vom Tod bunte Bilder malt.

Martin Sehmisch

Mortalis

Diese Bretter
Diese verzwickten Bretter
Hättest Du besser
Besser nicht beschritten

Nicht bei diesem
Nicht bei jenem Wetter
Es war leichtsam
Dein Fuß in ihren Mitten

Dunkelregen feuchter
Feuchter Dämmerung Gemach
Traf Deinen Atem rücklings
Dein Atem, oh, zerbrach !

Dein Haar
Dein Offenlang Haar
Bot sich an zur Bettung
Bettung Deiner Scherben

Als er es
Als verzückt er es sah
Öffneten von selbst
Allein sich zarte Kerben

Laubregen dichter
Dichter Nebelung Keim
Schlug herbstig es gar
Danieder Dein Sein

Und Dein letztes
Gar letztes Lebfuchteln
Riss Dich tief schwer
Noch tiefer hinein

Es ließ betrüblich
Dein Trübschicksal schnellen
Hinein in den Strom
Von dicktropfig´ Wein

Novembereis bitter
Bitter blau bitter kalt
Deine Zeit ist vorüber
Und Dein Sarg aus Asphalt

Karin Seidner

Ohne Titel

Weh oh bin ich heute morgen dunkelgrau
Im Zimmer hängt die Gnade tief

An der Leine baumelt ein einzelner Traum
Das Fenster trägt deinen Schatten

Der Tisch hält die Flasche mit Licht gefangen
Der Stuhl umfängt den erstarrten Schatten

Im Spiegel steckt ein abgelegtes Kleid
Mein Atem findet sich nicht wieder

Der Garten wird verweht der Stamm gebeugt
Federn stürzen von den Bäumen

In mir nagen die kalten Zwischenräume
Die Zeit zerfrißt getreue Wände

Ein längst vergessenes Lächeln liegt
verstaubt unter dem Schrank

Im Kopf erkalten alte Melodien
Im Klavier zerfällt dein Bild

Deine Briefe werfen sich ins Fenster
Ich sehe ihnen arglos nach

Ein Taschentuch ohne Sinn eine Lilie ohne Wasser
Bitter schmeckt das Wachen

Im Zimmer hängt die Gnade tief
Weh oh bin ich heute morgen dunkelgrau

Reinhard Siemes

Backmischung.

Der Bäcker siebt
das erste Mehl.
Und dabei gibt
er parallel,
noch halb im Steh´n
und träumerisch
etwas Arsen
in das Gemisch.
Den ersten Laib
kauft Evi Sperl,
ein armes Weib,
mit einem Kerl,
für den nur zählt,
wenn Evi schreit,
weil er sie quält,
im Ehestreit.
Bald ist sie frei
der Teufelei,
und hat ihn lieb -
den Bäcker und sein feines Sieb.

Tove Simpfendörfer

TODD RIVER IN ZENTRALAUSTRALIEN

Der Fluss
voller Dornen
voller Sand

Beratung über Beratung
Jeden Tag
raten die Männer
wann das Wasser
wellen wird

    Sie dürsten nach Quellen
    Sie beschatten die Sonne
    Sie betrinken die Wolken

Eine Wasserschwemme
so gewaltig, dass sie
die geheimen Plätze

                reinigt

Dass sie
die nicht Eingeweihten
die Hellhäutigen
zurück in das große Meer

           säuft

Kai Splittgerber

Dein Duft

Hunger, der aus Übersättigung entsteht.
Dein Duft, ein nagender Geruch.
Ekel? Süße Verführung? Beides vergeht!
Rennen, Stehen, Zusammenbruch,
Berühren, Abstoßen; Schweiß, süß und bitter.
Dein Duft liegt auf meiner Zunge
und bohrt sich in meinen Kopf wie ein Splitter
und umklammert meine Lunge,
dass ich frei Atmen kann wie ein dummes Schwein.
Ich ziehe durch Wandelhallen
und suche Dich. Steter Tropfen höhlt den Stein!
Ja mein Tod würd´ Dir gefallen.
Du lächelst. Du greifst in angefaultes Obst
und nimmst die letzte reife Frucht.
Ich seh´ die Laufmaschen, die Du in mich wobst,
und Dein Duft wird zu meiner Sucht.

Richard Staab

Nature Morte

1
    Es träumte im Fisch
    Das pendelnde Licht

    Woge um Woge
    Kam es ihm nah

    Sanft nahm das Netz
    Den staunenden Schwarm

2
    Ein Jäger wartet
    Zwischen den Bäumen am See
    Lastet ein Schweigen

3
    Was auf des Teiches
    Wellen schaukelt
    Ein Seerosenblatt
    Bald sinkt es
    Durch ein Ruder
    Gerissen
    Auf den Grund

4
    Die langen grünen Stiele

    In der Vase mit Wasser
    Versorgt und geschnitten

    So halten die Gladiolen

    Welken flammenrot

Angela Hannelore Stadthaus

Jagdsaison

Hase
Hase
Wildschwein
Hase
Reh

Jäger
Flinte
Pif paf
Jäger
Flinte
Pif paf

Autsch !

Hase
Hase
Reh

Marc Täuber

Das Opfer

Inmitten
der Trümmer

von Soldaten
umkreist

betet
ein Mädchen

dass der Blitz
es erschlägt

Veit-Peter Walther

auch ich ...

immer wieder
frage ich mich
ob denn auch ich ...
wenn Umstände zusammen
träfen mit Verstrickungen
Verknüpfungen Verkettungen
natürlich unglücklich
also
mildernd zu werten
ob nicht dann
sogar ich ... ?

ja, muss ich gestehen
gewissenhaft geprüft
gerade ich ...
eben wenn
bewusste Umstände
ineinander
verstrickt verknüpft verkettet
wohlgemerkt unglücklich
also strafmildernd
zusammenträfen
dass ich durchaus ...
erkenne mich nicht wieder
dass ich durchaus ...
dazu in der Lage wäre!

Jörg Wienhöwer

„atlantis“

die spur der steine
aufgetragen
dem rücken der welt
in der einen
oder anderen richtung
mit einstellbarer
geschwindigkeit
nie so ganz geblieben
auf gegebenem pfad
zusammen gewachsen
waren die platten
gut aufgelegt
doch auch am rand
zeichneten narben
sich ab
und horizonte stießen
sich wiederholt
ihren kopf
vor die wand gestellt
tauchten sie
ächzend hinab
und starrende falten
feierten flüssig
die letzte aufnahme
der nächste bitte.

Birte Wolmeyer

ERWACHEN AM ENDE VOM SATZ
zwei Motive ziehe ich nach

(I) das steht
    diese Momente in den Bars
    die Perspektiven Schatten dort
    wo Stellen unserer Körper schwiegen

(II) aus denen jetzt Knochen spähen
      nach dir und dem was
      vor den Gardinen wartet

      die Aussicht auf
      eine Luke gegenüber
      aus der eine Plastiktüte
      aufgebläht vom Wind

      also hört die Straße das Beschreiben der Rücken
      und deine Hände greifen nach der Tätowierung
      die sich in deine Zellen drängt

Grantplatten auf dem Hof
werden von der Linie berichten
der ich hierhin mit etwas
Geschliffenem in den Fingern folgte

<u>Kurzbiographien</u>

Crauss lebt in Siegen und ist Mitglied der Literaturgruppen AKTIONMUSENFLUCHT und Literarische Liaison Berlin. Er ist Redakteur der Zeitschriften Konzepte und Kritische Ausgabe, Herausgeber im Hand Verlag Siegen. Verschiedene Auszeichnungen, unter anderem Stipendium im literarischen Colloquium Berlin (1999), Literaturkurs Klagenfurt und Electronic-Vibes-Preis der Stadt Dortmund (2000) , Am Erker Preis der Stadt Münster (2001), Märkisches Literaturstipendium Lüdenscheid (2002) und Stipendium der Stiftung Kulturfonds Künstlerhaus Lukas, Ahrenshoop (2002/3). Zahlreiche Veröffentlichungen unter anderem in *Prairie Schooner 73* der Universität of Nebraska, Lincoln (1999) und *Großstadtlyrik*, Anthologie herausgegeben von Waltraud Wende, Reclam Stuttgart 1999, zuletzt: **Crauss**trophobie, Texte und Remixes, Lyrikedition 2000 (München, ISBN 3-935284-32-2)

Die Lyrikerin **Rotraud Sarker** wurde 1942 in Detmold geboren.
Veröffentlichungen in deutschsprachigen Zeitschriften, Zeitungen und
Anthologien. Ihre Gedichtbücher *Weisse Trauben* und *Die Farben des Windes*
erschienen im Otto Müller Verlag in Salzburg. Rotraud Sarker lebt heute in
Guildford (bei London), England.

Michael Paura wurde am 7.1.1963 in Buchen geboren, hat die Schullaufbahn
mit dem Abitur abgeschlossen und ist heute kaufmännischer Angestellter. Er hat
verschiedene Kurzgeschichten, Glossen und Gedichte veröffentlicht und ist
Preisträger des Dillinger Literaturwettbewerbs 2001. Zur Zeit arbeitet Michael
Paura arbeitet an einem Roman.

Martin Amanshauser wurde 1968 in Salzburg geboren. Er ist Autor und
Übersetzer aus dem Portugiesischen, journalistische Arbeiten (**„Profil“**,
„Format“, **„Falter“**, **„Der Standart“**), Dr. phil. (Geschichte bzw. Portugiesisch
/ Spanisch / Afrikanistik). Diplomarbeit **Al-Garb und Galicien,** Die
´Reconquista´ in Portugal (711-1147), Wien 1994. Dissertation **Taifas und
Condados,** Die mittelalterliche Stadt im Westen der Iberischen Halbinsel, Wien
2001.
Unter anderem Georg-Trakl-Förderungspreis für Lyrik 1992, Jahresstipendium
für Literatur des Landes Salzburg 1996, Staatsstipendium für Literatur 1996/97,
Max von der Grün Förderungspreis – 2. Preis 1998, Theodor-Körner-
Förderungspreis 1998, Projektstipendium für Literatur 1999/2000, Wiener
Autorenstipendium 2002.
Bücher: **Im Magen einer kranken Hyäne**, Wiener Stadtkrimi,
Deuticke Verlag 1997.
Erdnussbutter, Roman, Deuticke Verlag 1998.
Der Sprung ins dritte Jahrtausend, gemeinsam mit Gerhard Amanshauser,
Bibliothek der Provinz, Weitra 1999/2000.
in der todesstunde von alfons alfred schmidt, Gedichte,
Deuticke Verlag 2000.
NIL, Roman, Deuticke Verlag 2001, 2. Auflage 2002.
100.000 verkaufte Exemplare, Gedichte, Deuticke Verlag 2002,
2. Auflage 2002.
Internet: 1999/2000 wöchentliche Kolumne **„Amanshausers Dschungel“** (unter
www.deuticke.at). Homepage www.amanshauser.at.
Übersetzungen aus dem Portugiesischen (Luís de Sttau-Monteiro, David
Mourâo-Ferreira etc.) und aus dem Spanischen.
Bücher: **Hotel Lusitano** (Roman) von Rui Zink, 144 Seiten,
Wien-München 1998.
Afghanistan! (Roman) von Rui Zink, 232 Seiten, Wien-Frankfurt 2002.

Ulrike Bäumchen aus Much / Deutschland.
Geboren 1948 im Oberbergischen Kreis; seit vielen Jahren in Much lebend;
Verlagsangestellte. Mitglied im VS, 1 Lyrikband (in der armbeuge des tages),
viele Veröffentlichungen in Anthologien und Literaturzeitschriften, WDR. 1995
erster Förderpreis „Lyrischer Oktober Bayreuth". Ulrike Bäumchen schreibt in
erster Linie Lyrik und >surrealistische< Kurzprosa.

Klaus-Jürgen Bauer aus Eisenstadt / Österreich.
1963 in Wien geboren, verheiratet, zwei Kinder, lebt als Architekt, Publizist und
Hochschullehrer in Wien und Eisenstadt. Architekturstudium an der Hochschule
für angewandte Kunst, Wien und Bauhaus - Universität Weimer. 1993 Diplom.
Assistent Bauhaus - Universität Weimer. Lecturings an europäischen
Universitäten. Lehrauftrag der TU Wien. Kuratoren- und Jurorentätigkeit,
Ausstellungsbeteiligungen. Kammermitglied in Deutschland und Österreich.
Vorsitzender des Architektur Raum Burgenland. Journalistische Tätigkeit.
Zahlreiche Fach- und Literaturpublikationen, unter anderem :
„Mein Gefühl hat den Verstand verloren", „Das Letzte",
„Geschichten vom Samstagnachmittag" und
„Der große Augenschmaus. Cartoons".

Gerd Berghofer aus Georgensgmünd / Deutschland.
Geboren am 26. August 1967 in Nürnberg, lebt in Georgensgmünd,
Mittelfranken. Verheiratet. Schreibt seit 1986 Lyrik und Prosa. Zahlreiche
Veröffentlichungen in Literaturzeitschriften, z.B. „Der Literat", „Zenit",
„Rabenflug", „Lebensbaum" etc.. Zeitungen, z.B. „Süddeutsche Zeitung",
„Magazin" und andere. Viele Beteiligungen an Anthologien. Aufnahme in die
Nationalbibliothek des Deutschsprachigen Gedichtes. Mehrfache
Auszeichnungen: Elisabeth-Engelhardt-Literaturpreis 2003, Finalteilnehmer um
den Bayerisch-Schwäbischen Literaturpreis 2002, Lyrikpreis des Freien
Deutschen Autorenverbandes 2001, Förderpreis des Autorenverbandes Franken
2000, Lyrikpreis der Esslinger Künstlergilde 1998. Laut eigener Aussage dem
Schreiben hoffnungslos verfallen. Seit einigen Jahren gehört auch das Verfassen
und Halten von Reden zu feierlichen Anlässen jeder denkbarer Art zum festen
Bestandteil seiner Tätigkeit.

Christian Bertschinger aus Plochingen / Deutschland.
Geboren 1980 in Kirchheim unter Teck in Baden-Württemberg. 2000 Abitur.
Seit 2000/2001 Student der Wirtschaftswissenschaften an der Universität
Hohenneim. Veröffentlichungen in Anthologien.

Eva-Maria Fischer aus Buchholz / Deutschland.
Ende der fünfziger Jahre wurde Eva-Maria Fischer in Havelsberg geboren. Sie
hat dort Abitur gemacht und anschließend in Leipzig Wirtschaftsrecht studiert.
1990 zog sie nach Hamburg, wo sie seitdem in einer Versicherungsagentur
arbeitet. Sie lebt mittlerweile, mit ihrem Mann, in einem kleinen Ort in
Nordheide. Veröffentlichungen in Anthologien und Zeitschriften. Im Jahr 2000
ist ihr erstes Buch „...und was ist mit Liebe" und ein Jahr später der Lyrikband
„Poesie der Verwandlung" erschienen.
Eva-Maria Fischer ist Mitglied im FDA, im Landesverband Hamburg, in der
IgdA und in der Gesellschaft der Lyrikfreunde e.V..

Christina Antje Friedrich aus Lollar / Deutschland
Geboren am 6.7.1979, Schulbesuch bis hin zum Studium der Germanistik,
Kunstgeschichte, Anglistik und der Angewandten Theaterwissenschaft an der
Justus Liebig Universität Gießen. Zahlreiche Projekte und Kurse, wie „Die
kleine Hexe", „Andorra" und „Leonce und Lena". Auslandsaufenthalte durch
Europaprojekte in der Türkei (1995) und in Finnland (1996). Besuch von
Sprachschulen in England und Irland. Verschiedene Praktika und Hospitanz in
der Produktion „Der Templer und die Jüdin" bei Guy Montavon. Gründung der
Schreibwerkstatt der Justus Liebig Universität.

Anke Gebert aus Hamburg / Deutschland.
Geboren 1960. Studierte Kunsterziehung und arbeitete mehrere Jahre als
Pädagogin und in verschiedensten anderen Berufen. Studium der Literatur in
Leipzig, später in Hamburg dann Germanistik, Journalistik und Film mit dem
Schwerpunkt Drehbuch. Seit einigen Jahren lebt sie als freie Autorin von
Büchern und Drehbüchern. Für ihre Arbeiten erhielt sie Preise und Förderungen.
Anke Gebert ist verheiratet und hat einen Sohn.

Knut Gerwers aus Berlin / Deutschland
Geboren 1969, zahlreiche Videoprojekte, seit 1995 im Bereich Video/Theater -
u.a. mit Matthias Beltz, Armin Dillenberger, Lothar Trolle, Adolfo Assor und
Hermann Treusch, seit 1998 Kollaborationen mit THE MOOR und NEMESIS
als Spoken Words Performer / Sänger. Zwischen 1992 - 1999 zahlreiche
Auf- und Vorträge als Medienkunst-Kurator / Essayist. Unter anderem Gewinner
des Autorenwettbewerbs der Brecht-Tage 2001 und eines Sonderpreises des
Uslarer Literaturpreis 2002. Zahlreiche Veröffentlichungen in Zeitschriften,
unter anderem in: Lose Blätter, Zeitriss, Krautgarten, Konzepte und Anthologien,
wie in : „Amerika im Krieg - Eine Serie", „Lyrik gegen Rechts" und „Sechzig-
Stunden-Woche".

Axel Görlach aus Nürnberg / Deutschland.
Geboren 1966 in Kaufbeuren. 1988-1993 Lehramtsstudium, ab 1993 freies
Studium der Philosophie und Literaturwissenschaft in Erlangen und an der
Fernuniversität Hagen. Veröffentlichungen in der Anthologie „Das Gedicht".

Roman Graf aus Zürich / Schweiz.
Geboren 1978. Längere Sprachaufenthalte in London und Grenoble.
Veröffentlicht Lyrik und Prosa in zahlreichen Literaturzeitschriften und
Anthologien in Deutschland, Österreich und der Schweiz und gewann im Jahr
2002 den 4. Platz beim 16. Internationalen Jungautorenwettbewerb in
Regensburg. Roman Graf ist Mitglied der Gruppe 02 www.romangraf.ch.

Dietrich Wilhelm Grobe aus Göttingen / Deutschland.
Geboren am 27.3.1931 in Duisburg-Meiderich. Lebt seit 1939 in Göttingen.
Diplom-Bibliothekar. Von 1951 bis 1993 u.a. Informations- und
Ausbildungsbibliothekar einer Universitätsbibliothek, seit 1993
Dozententätigkeit im Bereich der Erwachsenenbildung (Analyse von
Kinder- und Jugendsachbüchern). Leitung eines Literaturkreises, aktive
Mitarbeit in einem anderen. Mithilfe bei Artenerfassungsprogrammen
(Pflanzen und Tiere) im Umweltschutzbereich; Öffentlichkeitsarbeit.
Veröffentlichungen: 92 Beiträge in bibliothekarischen und
naturwissenschaftlichen Zeitschriften sowie in Publikationsorganen der
Umweltschutzverbände. Mehr als 50 Gedichte und 12 Prosaskizzen in
verschiedenen Anthologien. Etwa 850 Rezensionen in bibliothekarischen
Fachzeitschriften. 1 Rundfunkdokumentation und 2 Fernsehbeiträge. Auch
vertreten im „Kürschners Deutscher Literaturkalender".

Walter Haug aus Remscheid / Deutschland
In Duisburg geboren, in Hamburg aufgewachsen, früher Exportkaufmann, jetzt
Dozent der Volkshochschule für Literatur und Theater, schreibt Essays,
Novellen, Bühnenstücke, Gedichte und Kindergeschichten, von letzteren
ca 50 Rundfunksendungen über sieben Sender der Bundesrepublik, Österreichs,
der Schweiz und Australiens, Veröffentlichungen ferner in Anthologien und
Zeitschriften. Ein Märchen-Bilderbuch.

Dörte Hermann aus Berlin / Deutschland.
29 Jahre alt, geboren in Pößneck / Thüringen, wohnt, arbeitet und vermehrt sich
in Berlin (1 Tochter, 3 Jahre alt) (eigene Worte von ihr). Sozialpädagogin.
Mitglied der Neuen Gesellschaft für Literatur (Schreibgruppe „Seitenhiebe").
Veröffentlichungen von Lyrik und Prosa in Anthologien, Zeitungen und
Zeitschriften.

Jürgen Herwig aus Ebersburg / Deutschland
Geboren 1961 in Hünfeld. Studium der Germanistik und Politikwissenschaften in
Marburg. Er arbeitet als Oberstufenlehrer an einer Waldorfschule und wirkt seit
1999 in verschiedenen Autorenwerkstätten im Umkreis der Rhön (Hessen,
Thüringen und Franken) mit. Im Jahr 2000 gründete Herwig zusammen mit drei
AutorenkollegInnen den
Turmhut-Verlag, dessen Lektorat er übernahm. Einzelveröffentlichung: CAMPO
ALTO. landläufige lyrik in VII gängen, Mellrichstadt: Turmhut 2001. Beiträge
in den Anthologien „Fluchtzeiten“, „Unter dem Turmhelm“ und
„Jahrhundertwerk“.

Manuela Huber aus Bietigheim-Bissingen / Deutschland
Geboren 1978, studiert Germanistik und Anglistik in Stuttgart;
Veröffentlichungen in Zeitungen, Literaturfachzeitschriften
(u.a. Maskenball, Federwelt, LyrikArt, Fantasia, Trystero), Anthologien
(Grossalarm 2: „Unerhörte Stimmen“).

Barbara Hundgeburt-Grabow aus Üxheim / Deutschland.
Geboren 1943 in Prag. Aufgewachsen im Ruhrgebiet, Studium in Bonn,
1. und 2. Staatsexamen, Lehrerin bis 1996. Literarische Tätigkeit seit 1984 :
Lyrik, Erzählungen, Essays und seit 2001 / 2002 Lyrik, fantastischer Roman.
Texte und Regie für Kinder- und Jugendtheater. Regelmäßige Lesungen seit
1985 im gesamten Bundesgebiet. Mitglied im „Freien Deutschen
Autorenverband“ (FDA) und Gründungsmitglied des Kulturvereins „Alfter“.
Veröffentlichungen : „Spiegelbilder“, „Lichtspuren“ und Beiträge in
verschiedenen Anthologien, wie z.B. „bagatelle“. Offizielles Organ der „Mensa-
Deutschland“/ in „der Literat“. Übersetzungen ihrer Texte ins Englische und
Kroatische.

Bettina Jungblut aus Soest / Deutschland
Geboren 1966 und in Aachen Komparatistik und Anglistik studiert. Sie arbeitet
freiberuflich als Schreibtrainerin und Autorin und ist Mitglied im Verband junger
Autorinnen und Autoren. Bettina Jungblut schreibt vor allem Kurzgeschichten
und Erzählungen, bisweilen Lyrik. Seit Anfang 2002 mehrere
Veröffentlichungen in Zeitschriften und Anthologien.

Axel Karner aus Wien / Österreich
Geboren 1955 in Zlan, Kärnten; lebt und arbeitet als Autor und evangelischer
Religionslehrer in Wien. Publikationen:
1991 A meada is aa lei a mensch; 1995 A ongnoglts kind;
1997 Georg Schurl. Mörder; 2003 Kreuz

Daniel Klaus aus Berlin / Deutschland
Geboren 1972 in Wiesbaden, aufgewachsen in Niedernhausen im Taunus, 1992
Abitur in Wiesbaden, 1992-2001 Studium (mit Abschluss) der
Ev. Theologie in Mainz & Berlin, 1999/2000 Auslandsaufenthalt in Paris, lebt
als freier Autor und Abendsekretär in Berlin. Einladung zur Lesung zum
8. Hattinger Literaturförderpreis 1998. Walter-Serner-Preis 2000. Beim
Allegra-Literaturwettbewerb 2001 unter den 14 großen Neuentdeckungen. In der
Endrunde beim Literaturpreis Prenzlauer Berg 2002. In der engeren Auswahl
beim Literaturpreis der Schwulen Buchläden 2002. 2.Platz beim UNISCENE-
Kurzgeschichten-Wettbewerb 2002. Veröffentlichungen in Literaturzeitschriften
und Anthologien, unter anderem in: UNICUM; IMPRESSUM; Ventile; Fisch;
xyz; LIMA; erostepost und Maj.
Anthologie „Realitätsverluste" 2001. Lesungen u.a. in Berlin, Hamburg,
Hannover, Stuttgart und Münster.

Julia Knapp aus Obersulm / Deutschland
18 Jahre alt. Neben Schreiben ist Theater ihre große Leidenschaft. Außerhalb der
Schule hilft sie unter anderem als Regieassistentin bei den Weinsberger
Burgfestspielen und hat mehrere Praktika im Rahmen der Württembergischen
Theatertage 2002 absolviert. Neben Gestaltung von Programmheften übernimmt
Julia Knapp auch Benefizveranstaltungen und betreibt entsprechende
Pressearbeit. Sie ist Jungscharleiterin und verbringt ihre Sommerferien
größtenteils als Leiterin auf Freizeiten. Mit der Heilbronner Schreibgruppe
„Betonbuch" präsentiert sie ihre eigenen Beiträge auf Lesungen. Bisher
gewonnene Wettbewerbe : „Textlust" des Heilbronner Theaters und „Kargo
Europa" des Autorinnenforums.

Sigbert Kunze aus Staufen / Deutschland
Geboren 1963 in Freiburg i. Brg. Marketingkaufmann, wohnt in
Staufen i. Brg. Neben Lyrik, arbeitet er derzeit an der Fertigstellung seines ersten
Romans und malt in Öl.

Thomas Kutzli aus München / Deutschland
1944 in St. Gallen in der Schweiz geboren. Studium der Kunstgeschichte,
Romanistik, und Germanistik in Lausanne, Zürich, Marburg und Hamburg.
Staatsexamen als Lehrer und 26 Jahre an Schulen arbeitend. Seither free lancer.
Zahlreiche Veröffentlichungen, in Anthologien u.a. bei Reclam Leipzig und in
Magazinen und Zeitschriften. Lesungen, wie „Flussaufwärts in die Gegenwart",
Ausstellungen und Performances. Internationale Zusammenarbeit mit bildenden
Künstlerinnen. Straßenschreiberei und
mail-art.

Dr. Dirk Levsen aus Vinstra / Norwegen.
Geboren am 17.4.1959 in Niebüll / Nordfriesland. Historiker, Lehrer und
Journalist. Veröffentlichungen: Belletristik : Fixpunkte (Gedichtsammlung),
Monographie : Krieg im Norden. Die Kämpfe in Norwegen, Frühjahr 1940.

Johanna Lüdde aus Berlin / Deutschland
Am 30.06.1979 in Halle geboren, Abitur und Studium der Sinologie und der
Religionswissenschaft, einjähriges Studium in China (Peking).
Veröffentlichungen: Gedichtband "Fremde Ebenbilder", in der Anthologie
"Schöpfung" in >Eintragung ins Grundbuch<, Thüringen im Gedicht und in
Zeitschriften wie Palbaum und Nagelprobe.

Wilhelm Rager aus Schärding / Österreich.
Geboren am 14.11.1941 in Vöcklamarkt, Oberösterreich. Gymnasium in
Salzburg und Vöcklabruck. Studium der Germanistik und Anglistik an der
Universität Wien. Von 1969 bis 2000 als AHS-Lehrer am Gymnasium Schärding
am Inn tätig. Neben der täglichen Arbeit im Bereich der Lyrik -
Auseinandersetzung mit der Natur, aber auch meditative oder sich mit dem
menschlichen Dasein im Allgemeinen beschäftigende Texte - intensives in
Zusammenarbeit mit dem Bundesdenkmalamt Wien. Seit September 2000 im
Ruhestand. Verheiratet, zwei Kinder. Buchveröffentlichungen : „Vor der großen
Stille", „Meridiane" und in „Schreibheft" (Autorenkatalog 1992). Lyrik in
:"Literatur und Kritik" und in verschiedenen Ausgaben von „die Rampe" und
„Facetten". „Frankfurter Bibliothek des zeitgenössischen Gedichts" 2001 und
2002 und in den Jahrbüchern der Innviertler Künstlergilde.
Wilhelm Szabo - Lyrikpreis 2002 - 4. Platz.

Karolina Rakoczy aus Mainz / Deutschland
Geboren am 12.2.1975 in Wroclaw / Polen. 1981 Ausreise nach Deutschland.
Studium der Komparatistik, Polonistik und Politikwissenschaft in Mainz. Seit
1997 regelmäßige Teilnahme und Co-Organisation von deutsch-polnischen
kulturellen und literarischen Veranstaltungen. 1999 Auszeichnung mit dem
Marek Jodlowski-Literaturpreis in Brzeg. Seit 2002 Mitherausgeberin der
Zeitschrift „Zeichen & Wunder". Schreibt polnisch und deutsch, arbeitet auch als
Übersetzerin. Veröffentlichungen, unter anderem in der Zeitschrift „Tworczosc",
in der Anthologie „Dialog ist möglich / Dialog jest mozliwy" und im deutsch-
polnischen Gedichtband „Ein menschliches Gesicht / Twarz ludzka Krakow".
Mitglied der deutsch-polnischen Autorengruppe „Dialog" (1997-1999),
Konfraternia Poetow, Krakow und Stowarzyszenie Zywych Poetow, Brzeg.
Verschiedene Übersetzungen aus dem Polnischen ins Deutsche und umgekehrt.

Fritz Hans Rückel aus Dierdorf / Deutschland
Der Autor und Poet Fritz Hans Rückel ist verheiratet und Vater von drei
Kindern. Der bekennende Familienmensch hat sich das schöne
Westerwaldstädtchen Dierdorf als Altersruhesitz ausgesucht. Zuvor war der
geborene Mainzer lange Berufsjahre als Pressechef und Ghostwriter
verschiedener Ministerien in der hessischen Landeshauptstadt Wiesbaden tätig.
Seit über zehn Jahren widmet sich der Verfasser mit Fleiß der dichterischen
Verskunst. Inhaltliche Schwerpunkte seiner Arbeit waren bisher vor alle
humoristische und satirische Bücher. Mit der Bearbeitung der Burgensagen hat
er inhaltliches Neuland betreten. Der Dichter ist Preisträger des Wilhelm-Busch-
Preises 1998 für humoristisch-satirische Versdichtung sowie 1. Preisträger der
Literaturtage Rheinland-Pfalz 1998/99 im Wettbewerb „WormStory". Von dem
Autor sind in letzter Zeit folgende Humorbücher erschienen: „Anflug des
Spottvogels", „Memoiren einer Eintagsfliege" und „Ritterschlag und Minnelied".

Horst Samson aus Neuberg / Deutschland
Am 04.06.1954 im Weiler Salcimi/Rumänien in der Baragansteppe geboren
(wohin seine Eltern deportiert waren). Lehrer, Journalist, u.a. Redakteur der
"Neuen Literatur" in Bukarest. Literarisches Debüt 1976, ab 1985 Schreibverbot,
1986 vom rumänischen Sicherheitsdienst mit Mord bedroht, emigrierte 1987 mit
deiner Familie in die Bundesrepublik Deutschland. Veröffentlichungen:
Gedichtbände "Der blaue Wasserjunge", "Tiefflug", "Reibfläche", "Lebraum",
"Wer springt schon aus der Schiene" und "Was noch blieb von Edom".
Mitherausgeber: u.a. Salman Rushdie "Die Satanischen Verse" und
"Pflastersteine. Literarisches Jahrbuch". In zahlreichen Anthologien: u.a.
"Jahrbuch der Lyrik 3", "Der Herbst stöbert in den Blättern", "Pied Poets", "Das
Land am Nebentisch", "Eintragung ins Grundbuch", "Blitzlicht -
Deutschsprachige Kurzlyrik aus 1100 Jahren" und viele andere mehr. In
Zeitschriften: u.a. "Akzente", "Litfass", "Die Horen", "Flugasche",
"Literaturbote", "Neue Literatur", "Nachtcafé", "KulTour", "Eiswasser" und "Das
Plateau". Gedichte auf zwei Langspielplatten. Literaturpreise: u.a. Lyrikpreis des
Rumänischen Schriftstellerverbandes 1981, "Adam Müller-Guttenbrunn"-
Literaturpreis 1982, Stipendiat des Deutschen Literaturfonds Darmstadt 1988/89,
Nordhessischer Lyrikpreis 1992 der Europa-Akademie Eschwege, der Stadt
Eschwege und des Werra-Meißner-Kreises und den Förderpreis des
internationalen Lyrikpreises Meran 1998.

Anna Maria Sauseng aus Judenburg / Österreich
1940 in Fohnsdorf in der Steiermark geboren, Diplom-Krankenschwester, ist verheiratet und hat fünf Kinder, schreibt Lyrik und Kurzprosa. Zahlreiche Lesungen und Veröffentlichungen in verschiedenen Zeitschriften, Mitarbeit in über 30 Anthologien. Den 2. Platz beim Luitpold-Stern-Förderungspreis (1995) erhalten. Einige literarische Anerkennungen: Megaphon Graz, Nationalbibliothek München, u.a. Publikationen: 2 Lyrikbände, 1 Band Erzählungen und 2 Broschüren: Kreuzwegmeditation Lyrik.

André Schinkel aus Halle / Deutschland.
Geboren 1972 in Eilenburg (Sachsen). Ausbildung zum Rinderzüchter mit Abitur in Halle und im Saalkreis. Studium der germanistischen Literaturwissenschaft und prähistorischen Archäologie an der Martin-Luther-Universität Halle Wittenberg. Seit 1994 belletristische Buchveröffentlichungen im regulärem und bibliophilen Bereich. 1998 bis 2000 Stadtschreiber von Halle. Vater von zwei Töchtern. Arbeiten im Bereich Lyrik, Prosa, Essay, Aufsatz, Mitherausgabe und Nachdichtung. Buchveröffentlichungen : „durch ödland nachts“, „tage in wirrschraffur“, „Verwolfung der Herzen“, „Sog“, „pathetischer morgen“, „Karawane des Schlafs“, „Die Spur der Vogelmenschen“, „Herzmondlegenden“, „Abgesteckte Paradiese“, „Sommerserife“ und „Selbstung“. Beiträge in Zeitungen, wie „Die Zeit“ und der „Mitteldeutschen Zeitung“ und Zeitschriften, wie „ndl“, „edit“ und „Herzattacke“, sowie in Anthologien. Auszeichnungen : Georg-Kaiser-Förderpreis des Landes Sachsen-Anhalt 1998, Hallescher Stadtschreiber 1998/99 und ein Arbeitsstipendium der Stiftung Kulturfonts in Berlin 2002.

Karl-Heinz Schmidt aus Kempten / Deutschland.
Geboren in Strasburg, aufgewachsen in Oberhausen, Lehre des Fernmeldehandwerks in Essen, Ausbildung zum Techniker / Elektronik, Studium der Pädagogik / Lehramt, Freiberuflich tätig als Lektor / Texter, für technische Dokumentation und Autor.

Jenny Schon aus Berlin / Deutschland
In Trutnov/Böhmen geboren. Von dort vertrieben. Im Rheinland zur Schule gegangen. Studium der Sinologie, Japanologie und Publizistik, Berlin. Reise in die Volksrepublik China. Veröffentlichungen zu China und Frauen. 1989 - 92 Lehrauftrag an der freien Universität Berlin für Chinesische Philosophie. 1990 - 94 Aufbaustudium in Philosophie und Kunst. Seit 1992 Reisen in die Geburtsheimat Böhmen. Veröffentlichung zu Böhmen und Kunst; Lyrik und Prosa. Seit den 90ern Ausstellungen von Bildern und Fotographien.

Iris Schröder aus Berlin / Deutschland
1970 geboren, arbeitet zur Zeit in einer Kreativwerkstatt mit Kindern, diverse
Veröffentlichungen in Literaturzeitschriften.

Christiane Schulz aus Potsdam / Deutschland
Am 19.12.1955 in Wildau geboren, Schulbesuch mit abschließendem Abitur,
Studium mit Abschluß als Dipl.-Ing. für Baustoffverfahrenstechnik, verheiratet,
zwei Kinder, Sekretärin in einen Architekturbüro in Potsdam, schreibt seit 1995
Lyrik und erhielt im Jahr 2002 ein Aufenthaltsstipendium im Künstlerhaus
Schloss Wiepersdorf. Veröffentlichungen: Gedichtband "Endwintergrau",
verschiedene Beiträge in den Zeitschriften "Der Literat" und "Das dünne Buch",
sowie in den Anthologien: "Silberdistel", "Wäre schön" und "Jetzt hier".

Christiane Schwarze aus Homberg / Deutschland
Geboren 1960, seit einem Unfall Körperbehindert. Homepage:
http://christianeschwarze.de. Mitglied im Verband Deutscher Schriftsteller, der
Literaturgesellschaft Hessen, der Künstlerinnenvereinigung LesArt und dem
Marburger AutorInnenkreis. 1997 das Buch „Und zum ersten Mal liebte sie sich
selbst" (Kurzprosa und Lyrik) veröffentlicht, 1998 Auswahl des Buches durch
die Deutsche Medienkommission, 1999 Übertragung des Buches in Braille-
Schrift / Deutsche Blindenstudienanstalt e.V. 2002 Hörbuchversion /
Zentralbibliothek für Blinde Leipzig. Weitere Veröffentlichungen: „Meine Tage
wurden wie schimmernder Opal",
„Ripp Wurzeltroll - Ein Waldmärchen" und „Als wir uns trafen".
Außerdem von 1997 - 2002 Veröffentlichungen in über 150 Anthologien und
Literaturzeitschriften in Deutschland, Österreich, Dänemark und der Schweiz.
Preise: 2000 - Anerkennung im Rahmen des Wolfener Literaturpreises, 2001 -
Siegerin des bench-press Wettbewerbes „Story des Monats" und zweiter Platz
„Kurzgeschichte des Jahres". Circa 100 musikalisch inszenierte Lesungen im
gesamten Bundesgebiet, früher gemeinsam mit ihrem Trio *Lyra*, inzwischen mit
dem Duo *TonSatz*. Medienpräsenz in Fernseh- und Radiosendungen.

Martin Sehmisch aus Kassel / Deutschland.
Geboren am 18.7.1978. Studiert seit 1999 Politik- und Sozialwissenschaften an
der Universität Kassel. Er ist der Gewinner des Bürgermedienpreises 2002 der
Hessischen Landesanstalt für privaten Rundfunk und seit 1999
alleinverantwortlich für die Sendung „freischrei - junges magazin für politik und
gesellschaft" im freien Radio Kassel. 1998 veröffentlichte er Gedichte im Band
„Gedichte 1998 von Studierenden der GhK", im Jahr 2001 erschien „Trauer und
Sehnsucht - Gedichte von Martin Sehmisch" im Selbstverlag.

Karin Seidner aus Wien / Österreich
1981 Matura; 1983 Studium der Anglistik und Germanistik an der Uni Wien; seit
1990 Erwachsenenbildnerin, Schreibwerkstättenleiterin und
DAF-Lehrerin; freie Schriftstellerin und Performerin. Mitglied bei LABYRINTH
und des Vereins englischsprachiger DichterInnen Wiens. Verschiedene
Lesungen, unter anderem in Colorado, USA; Stipendien, wie an der Jack
Kerouac School of Disembodied Poetics und an der Uni Wien für kurzfristige
wissenschaftliche Arbeiten in London;
Theodor-Körner-Förderungspreis im November 1995 und Preisträgerin beim
„Poetry Slam" des Droschl Verlags im Juni 1999. Gründerin der
Performancegruppe „Grauenfruppe" (1995) und in diesem Rahmen zahlreiche
Aufführungen. Herausgeberin der Collagezeitschrift „kunstfehler".
Veranstaltungsleiterin des ARTBITE-SALONS. Veröffentlichungen in
verschiedenen Bereichen, zum Beispiel in der Anthologie „txt.tour". Karin
Seidner arbeitet zur Zeit an einem Roman mit dem Titel „Marianne und
Bernhard - ein Beziehungsvorhaben".

Reinhard Siemes aus München / Deutschland
Geboren 29.8.1940 in Remscheid. Meisterschule für Grafik, Druck und Werbung
/ Hochschule der Künste, Berlin. Texter in mehreren Werbeagenturen, u.a. DDB
Düsseldorf, GGK Basel und Düsseldorf. Seit 1976 Texter im Büro für Werbung
R. Siemes, München. Leiter der
ADC-Cityseminare. Gründer und Leiter der www.texterschule.de. Lohnschreiber
(w & v, Tagesspiegel). Gastdozent an Hoch- und Fachhochschulen. Radfahrer,
JPS-Raucher, Hobbykoch.

Tove Simpfendörfer aus Weingarten / Deutschland.
Geboren 1962. Diplom-Theologe und Diplom-Journalist, Pressesprecher der
Fachhochschule Ravensburg-Weingarten, einjähriger Studienaufenthalt in
Australien, davon sieben Monate in verschiedenen Aboriginal-Settlements,
Buchveröffentlichung : „Der Teufel geht auf Jagt - Das Leben des Aborginals
Ernie Holden".

Kai Splittgerber aus Hildesheim / Deutschland
In Köln geboren und zur Zeit der Ausschreibung 21 Jahre alt, Schüler der
Jahrgangsstufe 13 des Aloisiuskollegs in Bonn Bad Godesberg und Student der
Kulturwissenschaften an der Universität Hildesheim. Sein erstes Gedicht schrieb
er mit 16 Jahren in einem Fußballstadion, als ihm das Spiel zu langweilig wurde.
Er hat in verschiedenen Städten gelebt und war in mehreren Internaten.
Verschiedene Veröffentlichungen in Anthologien, wie im Buch „Der tägliche
Wahnsinn" und „Arnsberg -Reader 2001", sowie Lesungen im Rahmen des
Arnsberger Kultursommers. Er gehört dem Arnsberger Kreis an und ist nebenbei
als Rezitator und Schauspieler tätig (zuletzt in einer Hauptrolle von „Biographie:
ein Spiel"). 2002 schrieb er seine erste Novelle
„Tod eines Seiltänzers".

Richard Staab aus Bremen / Deutschland
Geboren am 27.11.1953 in München, Studium der Politischen Wissenschaften,
Neueren Deutschen Literatur und Neueren Geschichte mit dem Magister Artium
als Abschluß. Berufstätigkeit vornehmlich in der akademischen
Bildungsberatung. Seit 1999 lebt Richard Staab in Bremen und arbeitet im
Bereich Lyrik und Prosa.

Angela Hannelore Stadthaus aus Rielasingen-Worblingen / Deutschland
Am 10.04.1961 in Neumünster geboren, Abitur und Studium in den Fächern
Geschichte und Französisch, erstes und zweites Staatsexamen, 3 Jahre Lehrerin
für Deutsch als Fremdsprache, 4 Jahre vorbereitende Kurse für arbeitslose
Jugendliche. Schon während des Studiums und später im Beruf Beschäftigung
mit den Themen Arbeitswelt, sozialer Wandel, Umbruchphasen in Wirtschaft
und Gesellschaft. Seit 1996 Materialcollagen, seit 1997 Ausstellungen im In- und
Ausland, darunter das mehrjährige Arbeits- und Ausstellungsobjekt
"Die Rückkehr der großen Schiffe. Bilder aus La Ciotat". Seit 1997 freie
Mitarbeiterin bei einer Wochenzeitschrift, später als Volontärin und
Zeitungsredakteurin.

Marc Täuber aus Bonn / Deutschland.
Geboren 1970. Studierte Geographie in München und lebt seit 1997 in Bonn.
Schwerpunkte: Lyrik, Kurzprosa, Kinderliteratur, künstlerische Fotografie.
Veröffentlichungen in Literaturzeitschriften und Anthologien, unter anderem :
„Alte Geschäftsfreunde" (Kurzgeschichte), „Werteverlust"(Gedicht),
„Zwischen zwei Zügen"(Kurzgeschichte) und „Winterspaziergang" (Fotografie).

Veit-Peter Walther aus Fürstenfeldbruck / Deutschland.
Geboren 1940 in München. In den letzte Jahren schreibt, der nun als Rentner
lebende, Veit-Peter Walther, >sehr kurze Kurzgeschichten<, wie er selbst betont.
Häufig sind es skurrile Texte, die er gelegentlich veröffentlicht und in Lesungen
vorträgt. Er ist Mitglied der Autorengruppe „IBIS" in München und den
„GRÖBEN-EXEN" in Gröbenzell.

Jörg Wienhöwer aus Bonn / Deutschland
Im Jahr 1966 in Bremerhaven geboren, lebt und schreibt heute in Bonn, seit 1999
Veröffentlichungen in verschiedenen Literaturzeitschriften und Anthologien,
z.B. in den Zeitschriften "Podium", "Zenit", "Kult", "Dulzinea", sowie in
Anthologien des "Edition-Elf"-, "Geest"- und des "Korb"-Verlags.
Auszeichnungen: Sieger des Grand-Prix-Eulovision 2001 des Eulenspiegels.

Birte Wolmeyer aus Berlin / Deutschland.
Geboren 1978 in Düsseldorf. Lebt in Berlin und Düsseldorf.

ENDE